Impressum:
Santino Montero
c/o Barbara's Autorenservice
Tüttendorfer Weg 3
24214 Gettorf

Facebook:
www.facebook.com/santino.montero.fliege/

Instagram:
www.instagram.com/santino.montero.books/

Santino Montero

Fliege

ROMAN

Bibliografische Information der Deutschen Nationalbibliothek: Die Deutsche Nationalbibliothek verzeich-
net diese Publikation in der Deutschen Nationalbibli-
ografie; detaillierte bibliografische Daten sind im
Internet über <u>dnb.dnb.de</u> abrufbar.

Buchinhalt, Titel und Covermotiv:
von Santino Montero
Copyright © 2020 Santino Montero

Herstellung und Verlag:
BoD – Books on Demand, Norderstedt

ISBN: 9783751922258

„Die meisten Menschen sind so in die Betrachtung der Außenwelt vertieft, dass sie das, was in ihnen vorgeht, völlig vergessen haben."

– Nikola Tesla (1856–1943), Erfinder, Physiker und Elektroingenieur

Ein wunderbares Leben ist ein göttliches Geschenk,
doch manchmal sind wir im Alltag zu abgelenkt, um
es als solches zu erkennen. Erst wenn Ruhe einkehrt,
werden wir eines Besseren belehrt.

Inhalt

Sonniger Tag am See

Ich öffnete die Zigarettenschachtel und zählte noch sieben Stück darin. Sechs, nachdem ich eine Zigarette herausgenommen und mir zwischen meine Lippen geklemmt hatte. Ich holte mein Feuerzeug aus der Hosentasche und zündete sie an. Dann schaute ich aus dem Fenster und betrachtete den schönen sonnigen Tag.

Ich war dreiunddreißig Jahre alt. Ein Mann in der Blüte seines Lebens, doch gerade war mein Leben eher das Gegenteil.

Nach den chaotischen letzten Wochen gönnte ich mir heute eine Auszeit und fuhr zum See. Dort angekommen ergatterte ich eine freie Parkbank mit direktem Blick aufs Wasser. Seit Wochen suchte ich nach Lösungen für meine zahlreichen Sorgen und Probleme. Heute wollte ich einfach nur abschalten, das Wetter genießen und vor mich hinträumen. Ich holte eines meiner

Lieblingsbücher heraus. Ein mystischer Roman. Er handelte von einem ehemaligen dänischen Polizisten und Hobbyschriftsteller, der nach dem Schlüssel zu einem Geheimnis, fast schon nach einer Offenbarung suchte und dabei immer wieder an seine Grenzen stieß.

Wenn ich nicht las, genoss ich die Aussicht und das Wetter. Die Sonne strahlte, es war schön warm und der Wind wehte leicht, was den Tag perfekt machte. Ein älterer Mann, der sich neben meine Bank gestellt hatte, sprach mich auf diese Schülerbewegung an, die momentan in aller Munde war. Er wollte wissen, was ich davon hielt. Statt zu antworten, holte ich die Zigarettenschachtel aus meiner Jackentasche hervor und bot ihm aus Höflichkeit eine an. Zu meinem Erstaunen nahm er sich eine. Er verriet mir, er sei ein leidenschaftlicher Raucher. Wir zündeten uns jeweils eine an und unterhielten uns eine Weile. So lernten wir uns etwas näher kennen. Michael war sein Name und er bot mir das Du an. Er war früher als Grundschullehrer tätig und nun Hobbyzauberer und Schriftsteller. Einen Zaubertrick konnte er mir leider nicht zeigen, dazu fehlte ihm das nötige Equipment. Vielleicht ergebe sich noch spontan ein Trick, den er mir zeigen könnte, sagte er.

Zurzeit schrieb er an einem Buch über einen Künstler aus der DDR, der politisch provokante Bilder gezeichnet hatte. Michael wollte ihm dieses Buch, eine Art Biographie, widmen. Seine ganze Leidenschaft und Energie steckte er in dieses Buch und wollte es unbedingt beenden, bevor er selbst seine letzte Ruhe fand. Er hatte niemanden mehr. Seine Frau war vor ein paar Jahren an Krebs verstorben und sie hatten keine Kinder gehabt. Mich interessierte sein Thema sehr und vor allem beeindruckte mich, dass sich ein Mensch in seinem Alter noch ein Ziel setzte, das er unbedingt erreichen wollte. Er war ein angenehmer und positiver Mensch, der Michael.

Langsam musste er sich mit seinem Fahrrad auf den Weg nach Hause machen. Wir verabschiedeten uns, er umarmte mich und dankte mir für das nette Gespräch. Ich wünschte ihm viel Erfolg für sein Buch und alles Gute im weiteren Leben.

Ich blieb noch eine Weile und las weiter in meinem Roman. Dabei vertiefte ich mich so sehr in die Geschichte, dass ich die Zeit aus dem Blick verlor. Nachdem ich das Buch endlich beiseitegelegt hatte, wollte ich noch einen Augenblick in mich gehen und meditieren. Doch mein Bestreben nach Ruhe wurde immer wieder durch meine Gedanken unterbrochen. Wie im Zeitraffer gingen mir meine Sorgen durch den Kopf: meine in letzter Zeit angekratzte Beziehung, die familiären Probleme, die momentan schlechte finanzielle Lage, die Arbeitssituation und die vielen offenen Rechnungen, die sich stapelten. Es war ein Überfall der negativen

Gedanken. Sie drehten sich immer wieder im Kreis. Bevor ich sie ordnen und nach Lösungen suchen konnte, überraschte mich eine Fliege. Im Blindflug traf sie mich an der linken Schläfe. Der Aufprall riss mich aus dem Kreis negativer Gedanken. Ich schaute um mich und sah, dass die Sonne allmählich unterging. Der Blick auf die Uhr verriet, dass es schon spät war. Ich packte meine Sachen, stand auf und wollte gerade los, als mir plötzlich ganz mulmig wurde und mich Schwindel ergriff. Ich dachte noch, dass mein Kreislauf wieder mal verrückt spielte, ich musste zu schnell aufgestanden sein. Noch bevor ich reagieren konnte, kippte ich zur rechten Seite und fiel auf den Boden. Mir wurde schwarz vor Augen.

Aufwachen

Immer wieder hörte ich ein Piepen, es wollte einfach nicht aufhören. Es dröhnte in meinen Ohren. Nach einer Weile öffnete ich meine Augen und kam langsam zu mir. Ich merkte, dass das Piepen von meinem Wecker kam, ich lag noch im Bett. Ich musste aufstehen und zur Arbeit. Die Szene am See war nur ein Traum gewesen, einer jener Träume, die so real wirkten. Ich stand auf, müde und kaputt machte ich mich fertig. Schließlich musste ich in einer Stunde auf der Matte stehen. Ich fühlte mich nicht besonders. Ich war abgeschlagen und hatte starke Kopfschmerzen. Das lag wohl an diesen natürlichen Antidepressiva, die ich seit Kurzem statt Alkohol gegen meinen Liebeskummer und meine Depressionen zu mir nahm. Meine Frau hatte mich vor drei Monaten verlassen, nach fünf Jahren Ehe. Wir hatten oft über Kleinigkeiten gestritten, das Kleine war manchmal viel mächtiger als das Große gewesen. Ich hatte nie viel Zeit für unsere Ehe gehabt, überwiegend musste ich mich um meine kranke Mutter kümmern. Oft schob ich außerdem Überstunden. Ich war nicht gerade ein Großverdiener, da ich im Niedriglohnsektor tätig war. Aber wir wollten sparen für eine größere Wohnung, ein gemeinsames Auto, hatten ein Kind geplant, irgendwann das zweite und vielleicht auch noch ein drittes. Unser erster gemeinsamer Traum als junges Paar war ein Urlaub von sechs Wochen. Wir wollten fast schon eine kleine Weltreise unternehmen, mit vielen kurzen Aufenthalten in verschiedenen Ländern. Doch wir verbissen uns so sehr in diesen Traum, dass wir uns dadurch selbst vergaßen und uns letztendlich auch verloren. Keiner hatte mehr richtig Zeit für den anderen. Keiner von uns ging mehr auf den anderen ein, vor allem ich nicht. Es wäre alles so schön gewesen. Wir hatten für unsere Traumreise viele Destinationen ausgesucht, die wir unbedingt sehen wollten. Vielleicht hätte sie uns einander wieder nähergebracht. Doch die knappe Zeit, die ständigen Belastungen und die finanzielle Lage spielten gegen uns. Zwar hatten wir am Ende das Geld zusammen, doch waren wir nicht mehr zusammen. Wir hatten bereits alles gebucht, nun wurde die Reise einseitig von ihr storniert. Meine Flugtickets hatte ich noch. Freunde rieten mir, die Reise trotzdem anzutreten. Zumindest einige Orte zu besuchen. Damit ich auf neue Gedanken käme und einen Schlussstrich unter die Beziehung ziehen könnte, um mein Leben neu zu gestalten. Ich nahm mir die Empfehlung zu Herzen und wollte es zumindest versuchen. Als Erstes strich ich Venedig und Paris von meinem Plan. Den Grund kann man sich fast schon denken. Die Städte der Liebe wollte ich mir ersparen. Die anderen Orte passten so weit, ich buchte einiges um und dann war meine Singlereise geplant.

Doch im Inneren litt ich so sehr unter unserer Trennung, dass ich in eine Art Depression gefallen war. Alles sah für mich negativ aus, ich hatte an manchen Tagen sogar Suizidgedanken, die für mich eine Alarmglocke waren und mich dazu brachten, mir ärztliche Unterstützung zu suchen. Mein Arzt empfahl mir nach wochenlangen erfolglosen psychischen Trainings eine kurzfristige medikamentöse Therapie. Da ich nicht viel davon hielt, bot er mir eine natürliche Alternative an. Anfangs brachte sie mir etwas, aber mit der Zeit merkte ich, dass sich mein Zustand nicht normalisierte. Er verschlechterte sich sogar teils. Ich blieb dennoch bei dieser Therapie, denn mein Arzt hatte mir geraten, es einige Monate damit zu versuchen. Neuerdings hörte ich komische Stimmen in meinem Kopf, die ich bisher nicht verstehen oder gar zuordnen konnte. Das musste auch an diesen Tabletten liegen. Obwohl sie natürlichen Ursprungs waren, nahm ich stark an, dass es sich um eine Nebenwirkung handelte. Schließlich hatte mich mein Arzt darauf hingewiesen, dass sich mein Zustand für kurze Zeit verschlechtern könnte, bis der positive

Effekt eintrat und sich alles langsam wieder normalisierte.

Ich beschloss, die Dosierung zu senken, sobald ich im Urlaub war. Schließlich nahm ich die Medikamente über einen Monat lang und geholfen hatten sie mir bis jetzt nicht wirklich. Nach über sechs Jahren fing ich wieder an zu rauchen. Das Trinken gewöhnte ich mir jedoch schnell wieder ab.

Ich musste immer wieder an meine Ehefrau denken, es gab mir keine Ruhe. Nach der Trennung hatten wir anfangs noch Kontakt, doch es wurde immer weniger, bis er völlig abbrach. Wir waren zwar auf dem Papier noch ein Ehepaar, aber im echten Leben waren wir getrennt. Wir beschlossen die Scheidung auf das nächste Jahr zu verschieben, bis wir alles überwunden und akzeptiert hatten. Bis vor knapp zwei Jahren waren wir so glücklich gewesen, uns konnte nichts und niemand was anhaben. Der Gedanke zerfraß mich innerlich, er kehrte immer und immer wieder.

Nun war Freitag, mein letzter Arbeitstag und der vorletzte Tag vor meinem großen Urlaub.

Ich machte mich auf den Weg zur Arbeit. Am Bahnhof wartete ich auf meine Bahn und sah die Werbung einer Airline mit einem Spruch, der mir gefiel:

„Ein Vogel breitet seine Flügel aus, er ist sicher auf seinem Weg, fliegt frei und ohne Sorge zum Himmel hinauf, und wir suchen für unseren Flug immer noch den richtigen Beleg."

Ich saß in der Bahn und dachte wie immer über meine Vergangenheit und die gescheiterte Ehe nach. Gleichzeitig hörte ich wieder diese Stimmen in meinem Kopf. Die Werbung der Airline hing mir nach. Auch ich musste einen Vogel haben, wenn ich ständig Stimmen in meinem Kopf hörte. Doch diesmal waren sie klar und deutlich:

„Wie der Mensch geistige Narben nicht verdrängt, so wird die Natur von ihnen auch nicht abgelenkt, aber ihre Wunden heilen schnell, die des Menschen werden nur grell."

Auf der Arbeit konnte ich mich kaum konzentrieren vor Kopfschmerzen. Ich zählte die Stunden, Minuten und Sekunden bis zum Feierabend. Ein guter Kollege sagte noch zu mir:

„Der Alltag kann öfters hart sein, das ist des Menschen falscher Schein.
Der Glaube vor dem Wissen lässt dich schnell erkennen: Das Geistige muss nicht vorm Leben wegrennen."

Ich meinte zu ihm, dass es mich überraschte, so was von ihm zu hören. Er musterte mich kurz und entgegnete mir, ich wäre ganz sicher urlaubsreif.

Nach der Arbeit fuhr ich zum See, wo ich mich in letzter Zeit des Öfteren aufhielt. Hier hatte ich vor fünf Jahren meiner Frau einen Antrag gemacht. Es kam mir vor, als wäre es heute gewesen, dass ich auf die Knie gegangen war und es ausgesprochen hatte:

„Vor achtundzwanzig Jahren legte ich den Samen,
ein Leben lang gab es für mich kein Erbarmen.
Ich suchte und dann wusste ich, wo sie sich befindet,
plötzlich stand sie vor mir, meine Ernte, die
wunderschönste Rose, die mich bis an mein
Lebensende bindet. "

Ich schaute aufs Wasser hinaus und erinnerte mich daran, wie alles angefangen hatte.
Sie war fünfundzwanzig und ich siebenundzwanzig gewesen. Sie kam aus Weißrussland und ich aus Deutschland. Sie arbeitete als Stewardess und sprach Deutsch, Spanisch und etwas Französisch. Wir lernten uns vor über sechs Jahren im Urlaub kennen. Es war

in Spanien, in Madrid. Eines Abends saßen wir nicht weit voneinander entfernt in der Lobby unseres Hotels und lasen beide ein Buch. Interessanterweise las sie einen Roman über einen Wanderer, den ich bereits durchhatte. Ich sprach sie an und fragte, wie er ihr gefiel. Wir kamen sofort ins Gespräch und erkannten viele Gemeinsamkeiten. Wir beschlossen, uns am nächsten Abend wiederzusehen und miteinander auszugehen. Sie war schließlich nur noch zwei Tage da. Ich versuchte, sie schon bei diesem ersten Gespräch so gut es ging kennenzulernen. Doch meine Sorge davor, dass wir uns beim nächsten Treffen nicht mehr verstehen würden, verschwand schnell. Wir lagen am nächsten Abend sofort wieder auf einer Wellenlänge. Wir lachten ständig und hatten viel Spaß. In meinen vergangenen Beziehungen gab es nicht eine, die annährend so vielversprechend angefangen hatte. Bei ihr beschlich mich ein Gefühl, das ich nicht in Worte fassen könnte. Im ganzen Universum könnte ich nichts finden, was beschreibt, wie ich für sie empfand. An diesem Abend standen wir auf einer Brücke. Im Laternenschein schauten wir einander tief in die Augen und verstummten für eine Weile. Etwas zog uns näher aneinander. Wir küssten uns und schlossen dabei die Augen. Ab hier wusste ich: Das wird meine Frau fürs Leben. Dieser Moment war wortlos und doch so ausdrucksvoll, als würden wir nur in Gefühlen miteinander sprechen. Ich kostete ihre Nähe jede Sekunde dieses Augenblicks aus. Ein leichter Wind wehte ihre langen Haare in mein Gesicht. Ich spürte ihre weichen Haare auf meiner Haut. Sie dufteten nach Blumen, als hätte ich einen Strauß Rosen direkt unter meiner Nase. Unsere Augen sprachen miteinander. Sobald sie geschlossen waren oder wir uns voneinander wegdrehten, um die Aussicht zu genießen, übernahmen unsere Gefühle die Kommunikation. Wir genossen die restliche Zeit miteinander und beschlossen, weiterhin über die sozialen Netzwerke zu kommunizieren und zu telefonieren. Ein paar Monate später besuchte sie mich in Deutschland. Ich besuchte sie ebenfalls ein paar Monate darauf in Weißrussland. Wir lernten dabei auch unsere Familien kennen. Es war alles sehr harmonisch, obwohl es sich um eine Fernbeziehung handelte, die sich über tausendfünfhundert Kilometer erstreckte. Keiner unserer Freunde glaubte so richtig daran. Es machte uns nichts aus, wir hatten uns und unseren Glauben, und das stärkte uns. So blieben wir uns weiterhin verbunden. Es war, als ob wir im selben Hier und Jetzt wären, auch wenn wir uns so weit weg voneinander befanden. Bis der Tag kam, an dem wir heirateten. Exakt ein Jahr, nachdem wir uns kennengelernt hatten. Wir waren endlich zusammen und vereint.

Ich erinnerte mich immer wieder gern an die Zeit, als unsere Liebe aufblühte. Es war einer dieser herrlichen und wahren Momente im Leben, die man nie vergisst.

Ich hob meinen Blick zum Himmel, es war bereits Abend und die Nacht brach langsam herein. Ich hörte wieder eine Stimme, die diesmal über Frauen sprach. Sie sagte, dass man nicht mit ihnen, aber auch nicht ohne sie leben könne, und fügte noch hinzu:

„Sie sind wie Salz, so mineralisierend, so sauer wie Zitrone, die aromatisiert.
Manchmal bitter und zornig, aber letztendlich süß wie Waldblütenhonig.
Die Frau verfügt über alle Geschmacksarten, wie das Unkrautgrün und die schönen Blumen im eigenen Garten."

Langsam hatte ich den Eindruck, dass ich vollkommen verrückt wurde. Ich hörte immer wieder diese seltsamen Stimmen. Vielleicht sah ich auch noch Gespenster. Als plötzlich eine Gestalt aus dem Schatten der Straßenlaterne hervorkam, zuckte ich zusammen. Doch es war kein Geist, es war ein angetrunkener Mann. Er musste das eben gesagt haben, vielleicht hatte er ebenfalls Probleme mit seiner Beziehung. Ich grüßte ihn und fragte, warum er in Reimen zu mir spreche. Doch er schaute mich nur verdutzt an, schüttelte den Kopf und ging an mir vorbei. Es war schon spät und ich machte mich auf den Weg nach Hause. Ich schmiss mir noch eine Tablette gegen meine Kopfschmerzen ein und ging sofort ins Bett, so müde und kaputt fühlte ich mich.

Ich träumte, dass ich nachts mit meiner Frau am Strand war. Der Mond war voll und der Himmel dunkel. Jeder Stern am Himmel war klar zu erkennen. Wie in Zeitlupe, mit ausgestreckten Armen und einem strahlenden Lächeln, tanzte meine Frau vor mir her. Ich versuchte sie einzuholen und zu greifen, doch meine Beine wurden immer schwerer. Auf einem Felsen über dem Wasser blieb sie stehen. Sie lächelte mich weiter an und winkte mich zu sich. Dann drehte sie sich zum Meer um und sprang mit offenen Armen ins Wasser. Ich rief nach ihr, lief bis zum Ende des Felsens und schaute hinunter. Doch sie war nicht zu sehen. Tief im Wasser entdeckte ich meinen verstorbenen Vater, der mir zuwinkte. Auch meine Mutter kam aus dem Schatten hervor. Sie lächelte mich an und streckte mir ihre Hand entgegen. Als ich versuchte, danach zu greifen, fiel ich ins Wasser. Mein Traum war vorbei, ich wachte auf und war schweißgebadet.

Rathausmarkt

Am nächsten Morgen bereitete ich mich auf meinen Urlaub vor und machte noch ein paar Besorgungen in der Stadt. Ich hielt vor unserem Rathausmarkt und setzte mich auf eine Parkbank. Dabei zündete ich mir eine Zigarette an und hörte einem Straßenmusiker zu. Ich genoss, wie er spielte und sang, so gefühlvoll und leidenschaftlich. Es war ein schönes Ambiente, ein wunderschöner Musiker, und das auch noch auf der Straße. Als er fertig war, ging ich zu ihm und warf ihm etwas Geld in seinen Hut. Er bedankte sich und meinte:

„Es geht hier nicht um die Armen und die Reichen, mein Geist, wenn er entweiche, da gibt er mir die nötigen Zeichen.
Er passt auf mich auf in jeder Zeit, dafür bin ich ihm dankbar in Ewigkeit."

Einen Moment lang schaute ich ihn überrascht an und versuchte herauszufinden, was er damit meinte. Er zog seine Augenbrauen nach oben und fragte, ob ich ihm noch etwas geben wolle oder warum ich ihn sonst so anstarrte. Ich entschuldigte mich, sagte, dass ich ganz in Gedanken sei, und wünschte ihm noch einen schönen Tag. Dann setzte ich mich wieder auf die Parkbank, auf der jetzt ein einarmiger Mann saß. Zur Begrüßung sagte er, wie toll der Musiker doch gesungen habe. Ich stimmte ihm zu. Der Mann schaute auf seinen fehlenden rechten Arm und redete weiter: Es gebe viele schlimme Dinge im Leben, aber:

„*Rechter Arm amputiert, die Nerven sind noch stimuliert.*

Linker Arm abgehackt, doch Schmerzen werden nicht beklagt.

Ein abgerissenes rechtes Bein – denk an die Seele, du bist nicht allein.

Auch linkes Bein verloren – hast du vergessen: Gott ist bei uns, das hat er uns geschworen.

Nur noch der Rumpf und der Kopf bleiben übrig. Bis ein Fels auf dich hinabfällt, bist du bereits des Himmels würdig.“

Verwirrt sagte ich zu ihm, dass ich nicht ganz verstünde: Ich wolle ihm nicht zu nahe treten oder unhöflich werden, aber ihm fehle doch nur ein Arm. Ich fuhr fort: Alles andere haben Sie doch noch, warum sprechen Sie über weitere fehlende Körperglieder? Er schaute mich fassungslos an und meinte, dass sein Arm zwar fehle, bei mir da oben aber wohl noch viel mehr. Er stand auf und ging fort.

Der arme Kerl, ich wollte ihm damit wirklich nicht auf die Füße treten, aber wir schienen uns leider missverstanden zu haben.

Zwei Parkbänke weiter links von mir hörte ich ein junges Mädchen weinen. Ich ging zu ihr hin und fragte, was denn los sei und warum sie so traurig sei und weine. Sie erzählte mir, dass ihr Freund sich von ihr getrennt habe, nachdem er sie zuvor mit einer anderen betrogen habe. Ehe ich ihr Mut zusprechen und sagen konnte, dass sie noch jung sei und es andere Jungs gebe, überkam es mich und ich sagte stattdessen:

„Weine nicht, du wunderschöner Engel. Er ist doch auch nur ein verzogener armer Bengel.
Der nicht wusste, was für dich ist das Beste. Nicht du, sondern er befleckte damit seine Weste.“

Sie meinte: Ohh, so was Schönes wie das, was Sie gerade zu mir sagten, habe ich von ihm noch nie gehört. Ich stand wie versteinert da und sagte, dass es nur selbstverständlich sei – was auch immer ich gerade gesagt hatte. Sie fügte hinzu, dass sie ihm das heimzahlen werde, da sie die Passwörter seiner Accounts in den sozialen Netzwerken kenne. Jeder solle erfahren, was er wirklich für ein Mensch sei. An dieser Stelle wollte ich ihr raten, dies nicht von zu Hause aus zu tun, damit man es nicht zu ihr zurückverfolgen könne. So erspare sie sich viel Ärger. Stattdessen überkam es mich wieder und ich sagte zu ihr:

„Sei unsichtbar für die Bösen und sichtbar für die Guten, die Welt teilt sich, ohne dabei zu bluten. Dein Schöpfer liebt dich und dankt dir von Herzen, du solltest dir den Himmel nicht verscherzen."

Mit großen Augen schaute sie mich an und ich starrte genauso verwirrt zurück. Das war nicht das, was ich ihr hatte sagen wollen. Mit den Worten: Ihre Frau muss die glücklichste der ganzen Welt sein, und einem Kuss auf meine Wange verabschiedete sie sich und ging mit einem Lächeln fort. Sprachlos blieb ich auf der Parkbank zurück. Eine ältere Dame mit ihren Einkaufstaschen, die nicht weit weg saß, hatte das Ganze beobachtet und sagte nun zu mir:

„Wer das wahre Leben für sich entdeckt, der wurde zur rechten Zeit geweckt.
Er kennt keine Sorgen, Kummer oder Probleme und weiß Bescheid über all dies, er hilft und tut Gutes, bis er ein Lächeln erwidert bekommt, denn das ist in seinem Herzen das wahre Paradies. "

Die Dame stand auf und ging weiter, um ihren Einkauf fortzuführen, und ich saß wie versteinert auf der Parkbank und verstand nichts mehr. Ich hörte Sachen, die anscheinend niemand sagte, und sagte Dinge, die ich nicht sagen wollte. Ich wusste nicht, was mit mir los war. Nervös holte ich noch eine

Zigarette heraus und zündete sie an. Dabei fiel mir mein Schlüsselbund auf den Boden. Ein älterer Mann mit Krückstock hob ihn im Vorbeigehen auf und betrachtete einen Moment lang das Bild meiner Frau auf einem Schlüsselanhänger. Er gab ihn mir zurück und ich bedankte mich. Kurzerhand setzte er sich neben mich. Er wirkte desorientiert. Er setzte seine Sonnenbrille auf, sah in den Himmel hoch und sagte: Schauen Sie, wie schön doch der Bussard am Himmel kreist, es sind seltene Raubvögel, den Anblick sollten Sie genießen. Ich sah hoch und suchte nach dem Bussard, doch ich sah nur eine Taube. Ich fragte den Herrn, wo er denn den Bussard sehe. Er sagte, er trage keine Sehbrille und könne ihn trotzdem sehen, und fragte mich, warum ich denn eine Sehbrille trüge. Ich antwortete ihm: Na, weil ich kurzsichtig bin. Er fragte weiter, ob mir Gott die Brille gegeben habe. Nein, aber die Kurzsichtigkeit, erwiderte ich. Er fuhr fort: Genau, warum tragen Sie sie dann? Weil ich nicht in die Ferne sehen kann, antwortete ich ihm. Er fragte weiter, warum ich denn in die Ferne sehen müsse. Ich sagte, dass ich sehen wolle, was dort geschehe. Er erwiderte darauf: Aber Sie sagen es doch selber, Sie möchten es, aber müssen tun Sie bloß in die Nähe schauen. Reicht es Ihnen nicht, beim Überqueren der Straße die Lichter der Autos aus der Ferne zu erahnen, um nicht überfahren zu werden? Nun fragte ich den älteren Mann, warum er denn eine Sonnenbrille aufsetze, wenn er in den Himmel schaue. Er antwortete: Na wegen der Sonnenstrahlen. Sehen Sie, erwiderte ich sofort. Unbeeindruckt sagte er darauf: Das Einzige, was ich gesehen habe, ist, dass auf dem Bild am Schlüsselanhänger eine hübsche Frau zu sehen war, würdig, einen guten Mann an ihrer Seite zu haben. Ich schwieg und senkte meinen Kopf, blickte auf meinen Schlüsselanhänger und strich über das Bild meiner Frau. Der Mann fuhr fort: Warum stolperten Sie – weil Sie vor Ihre Füße schauten oder in die Ferne? Warum hielten Sie auf der anderen Straßenseite nach glücklichen Liebespaaren Ausschau, wenn doch Ihre hübsche Frau neben Ihnen war? Warum blickten Sie in die Zukunft, wenn doch die Gegenwart vor Ihnen liegt? Der alte Mann überrempelte mich mit Fragen, auf die ich in dem Moment keine Antworten fand. Er fügte noch ein Zitat hinzu, das vom Dichter Angelus Silesius im „Cherubinischen Wandersmann" stammte:

„Zwei Augen hat die Seele: Eins schauet in die Zeit, das andere richtet sich hin in die Ewigkeit."
– Angelus Silesius, Dichter, Theologe und Arzt

Er lachte kraftvoll und leicht dröhnend auf und meinte: Ach mein Junge, dich muss man an der Hand packen und führen, bis du Flügel bekommst wie dieser Bussard am Himmel und deinen Weg erkennst, da hilft dir auch deine Sehbrille nicht weiter. Er wünschte mir einen schönen Tag und Gott solle mich segnen. Mit seinem Krückstock in der Hand stand er auf, grüßte noch die Obsthändlerin von gegenüber und setzte seinen Weg fort.

Ich ging zur Obsthändlerin, die gerade ihre Ware sortierte, und fragte, ob sie den alten Mann kenne. Sie antwortete: Das ist Günther, ich kenne ihn, der kommt fast jeden Tag hierher. Er füttert des Öfteren die Tauben und glaubt, es wären seltene Raubvögel. Ich war erleichtert, ich hatte mir schon gedacht, dass der alte Mann etwas verwirrt war. Sie fuhr jedoch weiter fort: Günther kann nichts dafür, als Kind hat er durch eine seltene Krankheit auf beiden Augen das Sehvermögen verloren. Ich fragte sofort nach: Der alte Mann sieht überhaupt nichts? Und sie erwiderte: Ja, so was nennt man vollkommene Blindheit. Ich hakte weiter nach: Aber ein bisschen was sehen kann er schon? Die Obsthändlerin erklärte mir: Ich kenne Günther seit über fünfzehn Jahren und er kann noch nicht mal Äpfel von Birnen unterscheiden. So wie Gehörlose taub sind, ist unser Günther blind. In diesem Moment ging mir ein Schauer über den Rücken. Deswegen also die Sonnenbrille und der Krückstock. Die Szene von eben wiederholte sich vor meinem inneren Auge: wie er meinen Schlüsselbund aufhob und meine Frau auf dem Schlüsselanhänger als hübsch bezeichnete und mich fragte, warum ich eine Sehbrille trüge. Die Tauben sah er als Raubvögel an, aber meinen Schlüsselanhänger mit dem Bild meiner Frau und meine Sehbrille konnte er bestens erkennen. Ich verstand das alles nicht.

Ich wünschte der Obsthändlerin noch ein schönes Wochenende und ging.

Ich machte mich auf den Weg zu meiner kranken Mutter, um ihr noch ein paar Sachen zu bringen und mich vor meinem Urlaub von ihr zu verabschieden.

Auf dem Weg zu ihr ging ich an einer Kindertagesstätte vorbei, in der die Kinder schon jetzt im September ihre diesjährigen Weihnachtswünsche am Fenster aufhängten. Ich blieb davor stehen und las mir einige Wünsche durch. Dabei fiel mir ein Wunsch auf, der recht ungewöhnlich für ein Kind war und gar nicht an den Weihnachtsmann gerichtet schien. Dort stand Folgendes:

„Vor langer Zeit in deinem bezaubernden Garten von Eden, bis die Schlange kam und uns mitriss auf Erden, ehe wir uns bewusst werden. All dies müssen wir nun in Zeitabschnitten emporheben.

Donner, Blitze und Erdbeben waren daraus die Wehen, deine Wut war nicht zu übersehen.

Doch deine Liebe zu uns ist maßlos, sodass wir sie nicht verstehen und sie doch auf jede Art von dir wahrnehmen.

Ich hoffe, Herr, du vergibst uns unsere Sünden, und doch wissen wir es, du heilst auch unsere tiefsten Wunden.“

Ich ging nachdenklich weiter. Als ich an unserer Kirche vorbeikam, blieb ich stehen. Ein sehr gläubiger Mensch war ich wahrhaftig nicht. Doch etwas brachte mich an diesem Tag dazu, in diese Kirche zu gehen, wo ich gleichzeitig eine Beichte ablegen und für meine kranke Mutter beten wollte. Drinnen hatte ich das Glück, den Priester zu treffen. Ich bat ihn, mir meine Beichte abzunehmen, und sagte, was mich bedrückte. Wieder überkam es mich:

„Ich war nicht immer gut, ich war auch schlecht. Das Schlechte hat zwar das Gute gerückt zu Recht, aber ..."

Der Priester unterbrach mich: Ich weiß, mein Sohn ...

„Zweifel nicht am Leben und lass dich nicht benebeln, auch Raupen können eines Tages schweben. Das Boshafte muss zuerst fallen und liegen, bevor es Flügel bekommt, ein Engel wird und kann fliegen.“

Weiter sprach er:

„Fehler machen kann jeder, Fehler zugeben ist der größte Feind, die Gesellschaft liebt doch den Neid. Aber die wenigen, die Charakter zeigen, das sind die Menschen, die auf Erden in Erinnerung bleiben.“

Und ich solle immer daran denken:

„Die Lebenskraft erhältst du auch durch das Fasten, dazu das Gebet, und es sind dir verziehen deine Sünden mit all deinen Lasten.“

Er beendete das Ganze mit den Worten: Es sei dir vergeben, und ging mit seinem

Weihrauchkessel um mich herum. Ich atmete den Weihrauch so tief ein, dass ich einige Male stark husten musste.

Ich dankte ihm, wandte mich meinem Inneren zu und betete. Es überkam mich wieder:

„Mein Leben liegt in deiner Hand und doch gibst du es mir ohne Vorwand, nur an mir liegt es, ob ich es sehe als ganz, dein Diamant, an mich überreicht, voller Glanz."

Bei meiner Mutter angekommen, sah ich, dass ihr Zustand leider nicht besonders gut war. Vor neun Monaten hatte sie die Diagnose Brustkrebs erhalten. Seitdem ging es ihr von Tag zu Tag schlechter.

Sie war diesmal sehr schwach auf den Beinen und beklagte sich wie immer über das Stechen in ihrer Brust. Obwohl die Ärzte dies mehrfach kontrolliert hatten, konnten sie nichts Besonderes feststellen. Sie nahmen an, dass der Schmerz von den Muskeln oder

Nervenbahnen herrührte, die von der Chemo beeinträchtigt waren.

Meine Mutter fragte nach ihrer Schwiegertochter und wollte wissen, warum sie so lange nicht zu Besuch gekommen sei und sich kaum noch melde. Meine Ehefrau und ich vertrösteten meine Mutter immer mit der Ausrede, sie sei geschäftlich häufig im Ausland und habe dadurch keine Zeit. Beim aktuellen gesundheitlichen Zustand meiner Mutter konnten wir ihr nicht sagen, dass wir uns getrennt hatten. Sie würde dies nur schwer verkraften. Den Tod meines Vaters vor einigen Jahren hatte sie bis heute nicht richtig verarbeitet. Was wahrscheinlich auch dazu beitrug, dass sie erkrankte. Meine Eltern hatten früher häufig gestritten, sich aber letztendlich immer geliebt.

Nun sagte meine Mutter immer, dass sie die Streitigkeiten bedauere und sich nichts anderes wünsche, als die Zeit zurückzudrehen.

Heute war sie zwar traurig, dass sie ihre Schwiegertochter so lange nicht gesehen hatte, aber sie freute sich schon darauf, dass sie sie wieder besuchen kommen würde, sobald sie mehr Zeit hätte. Ich musste meiner Mutter vorlügen, dass meine Ehefrau und ich uns im Ausland treffen und von dort aus den geplanten Urlaub antreten würden.

Ich erzählte meiner Mutter nichts von meinen komischen Erlebnissen in der letzten Zeit. Unnötig beunruhigen wollte ich sie erst recht nicht. Ich brachte meiner Mutter alles, was sie brauchte, und verabschiedete mich in den Urlaub. Sie erwiderte:

„Nur die Liebe kann man spüren, nur die Liebe kann das wahre Herz berühren.
Die Angst und der Hass sind fern und müssen sich ergeben, denn das Böse kann gegenwärtig in uns nicht überleben."

Lachend gab ich ihr einen Kuss, da zog sie mich an sich, umarmte mich ganz fest und flüsterte mir zu, dass sie mich ganz doll liebe.

Ich erwiderte ihr, dass ich sie ebenfalls ganz doll liebte, und machte mich auf den Weg nach Hause.

Ich packte meinen Koffer und legte mich schon bald schlafen, da mein Flieger früh am nächsten Morgen starten würde.

In dieser Nacht träumte ich den gleichen Traum wie in der davor. Ich lief meiner Frau hinterher, sie rief mich zum Felsen und sprang ins Meer. Als ich sie im Wasser suchte, war sie nicht zu sehen. Doch ich entdeckte meinen verstorbenen Vater, der mir zuwinkte, und auch meine Mutter kam erneut hervor und streckte mir ihre Hand entgegen. Als ich ihre Hand ergriff, fiel ich wieder ins Wasser. Ich wachte schweißgebadet auf.

Reise nach Rom

Am nächsten Morgen ging alles schnell. Mit dem Taxi zum Flughafen, eingecheckt und auf zu meiner ersten Destination: Rom in Bella Italia. Dort angekommen fuhr ich direkt ins Hotel. Über mein Reisebuchungsportal hatte ich für ein paar Euro Aufpreis gleich einen Stadtführer dazugebucht. Zu meinem Glück konnte er gut Deutsch und führte mir so die schöne Stadt Rom in meiner Landessprache vor. Tatsächlich war ich mit ihm allein, es gab in den nächsten zwei Tagen keine weiteren Touristen. Was für ein Luxus.

Abramo war sein Name und er hieß mich herzlich in der Stadt willkommen. Ich freute mich über diesen netten Empfang und wir fuhren los. Er zeigte mir zunächst den Stadtkern. Angekommen am Museo Leonardo da Vinci in der Piazza del Popola erklärte er mir:

„Da Vincis vitruvianischer Mensch in seinem Kreise zeigt auch ein Schutzschild um uns selbst auf diese Weise.

Außerhalb dieses Bereichs kreieren wir die Welt, wie wir sie möchten, erst dann fängt das Böse an, sich vor uns zu fürchten."

Das waren Dinge, die ich zuvor nicht gekannt hatte. Abramo zeigte mir fast das komplette Zentrum von Rom, den Rest hob er sich für den darauffolgenden Tag auf.

Im Hotel ruhte ich mich am Abend noch etwas aus und ging recht früh schlafen. Ich schlief seit langem wieder mal ruhig, ohne zu träumen.

Am nächsten Tag fuhren wir ins Bahnhofsviertel von Rom. Dort, wo sich unter anderem viele Arme und Bettler aufhielten, sah ich die nicht so schönen Seiten dieser Stadt. An einer Ecke wurde ich Zeuge, wie ein

Vater seine kleine Tochter schlug. Ich fragte Abramo, warum er so etwas tue. Er erklärte mir, dass der Vater nicht so viel verdiene und seine Tochter der Familie habe helfen wollen, indem sie betteln gehe. Das habe natürlich den Stolz des Vaters getroffen. Ich fragte Abramo, ob er das alles bloß anhand der Schläge erkennen könne. Er antwortete, dass er es wisse und noch viel mehr. Mich interessierte, warum es hier vielen so schlecht ging. Ich hatte ein anderes Bild von Italien und vor allem von der Stadt Rom gehabt. Abramo antwortete mir:

„Das System wird systematisch systematisiert, bis der Mensch mit seiner letzten Freiheit kapituliert.
Die Engel stehen unter Hochdruck, nicht wegen des Menschenfeinds, sondern wegen der Angst und des Neids der Menschen bezüglich ihrer Zukunft."

Er fügte hinzu, nichts sei unmöglich, denn:

„Bringt der Mensch in sich die Ordnung, dann braucht er auch keine Hoffnung.
Der Glaube vor dem Wissen bringt ihn dazu, dass er will dies nicht mehr missen.“

Ich hörte ihm wortlos zu. Wir gingen weiter und lauschten einem Blinden, der auf der Straße auf seinem Saxophon spielte. Er klang, als würde er uns durch sein Saxophonspiel was sagen wollen. Da meinte Abramo:

„Habe großen Respekt vor Blinden, man könnte meinen, sie strahlen fast sichtbare Gefühle aus, und diese können aneinanderbinden.
Bietet man ihnen Hilfe an, so sollte man die Chance nutzen und seinen Verstand benutzen, ob man nicht von ihnen lernen kann.“

Und fügte hinzu:

„Für manche Menschen wäre es besser, blind zu sein,
der Blinde fühlt um das Wohlsein.
Würden morgen alle Menschen erblinden, dann
würden wir uns in unseren Gefühlstiefen
wiederfinden."

Seine Worte bewegten mich, ich verstummte
für kurze Zeit. Wir führten unseren Spazier-
gang fort und ich fragte ihn, woher er so viel
Weisheit habe. Er erwiderte nur:

„Ein Engel sprach zu mir und stellte mich vor die
Wahl: Willst du den Ruhm und die Gier? Doch ich
erkannte die daraus folgende Qual, dein Leben
bezahlt mit dem gefürchteten Tier.
Der Engel sprach: Du begreifst schnell, das brauchst
du nicht, du bekommst alles und noch viel mehr im
wahren Licht."

Meine Medikamente hatten starke Neben-
wirkungen, doch das, was er einnahm,
musste deutlich berauschender sein. Na ja,
dachte ich, die Italiener sind halt ein sehr
temperamentvolles Volk.

Wir kamen an einem Zelt vorbei, vor dem
eine Menschenmenge Schlange stand. Ich
fragte Abramo, was es denn hier so Tolles zu
sehen gebe. Er antwortete mir, dass im Zelt
eine Wahrsagerin ihre Dienste anbiete. Erstaunt über die Menschenmenge wollte auch
ich mir meine Zukunft lesen lassen. Doch
mein Stadtführer ließ mich nicht und vertrös-
tete mich mit den Worten:

*„Wer an Hellseherei, Wahrsagerei oder Flüche
glaubt, hat sich bereits seines eigenen Lebens beraubt.
Er übergibt sein Leben in wildfremde Hände, da
sind Steine auf dem Weg entzückender als diese
Stahlwände."*

Ich sagte ihm, dass ich doch nur wissen wolle, ob meine Ehe noch eine Chance habe oder ob ich mein Leben lang allein bliebe. Er erklärte mir nur:

„Ich sage dir wahrlich, man unterschätzt das ‚Ich bin allein', erst dann kannst du das Wahrhaftige sein. In der Menge verlieren sich die schönen Klänge, doch allein hörst du sie Ton für Ton, gefolgt von Bild zu Bild, das Unvermeidliche bringt dich zu deinem Thron."

Ich dankte ihm für die emotionalen und aufheiternden Worte. Er packte mich an der Hand und sagte: Komm, ich zeig dir was. Wir gingen zur Engelsbrücke von Rom, der Ponte Sant'Angelo. Er zeigte mir die Schwäne auf dem See und fragte: Siehst du? Ich erwiderte, dass ich nur die Schwäne sähe. Er sagte: Genau, und ergänzte:

„*Tausendundein Schwan zog durch die See, das Wasser war eiskalt, doch das tat ihnen nicht weh. Der Sonnenschein fiel auf sie herab, die Wasserkälte ließ von ihnen ab.*
Das Vertrauen ist groß in der Natur, nur der Mensch gibt ihr meist eine Abfuhr."

Er zeigte in den Himmel und fügte hinzu:

„*So hell ist der Himmel und so dunkel kann er sein, so wie der Mensch ist so groß und doch auch ganz klein. Das Blaue steht für das Meer, so tief, und das Weiße der Wolken für die Reinheit, die sich zeigt als Relief. Wie bei uns findet es sich wieder, die Augen zu und die Ohren taub, schreibt es sich in unsere tiefe Leere nieder.*"

Wir betrachteten noch eine Weile den See. Ich holte eine Zigarette heraus und zündete sie mir an. Während Abramo mit den Händen in den Hosentaschen auf den See hinausstarrte, sagte er zu mir: Ich werde dir etwas weissagen. Deine letzte Zigarette wird im Wasser deines Meeres erlöschen. Erinnere dich an meine Worte und stelle mir bitte keine Fragen.

Ich versuchte zu verstehen, was er damit meinte, begriff es jedoch nicht und beließ es dabei.

Die Stadtbesichtigung näherte sich ihrem Ende. Meine nächste Destination wartete schon morgen auf mich, es ging nach Griechenland, nach Athen.

Wir verabschiedeten uns, ich dankte Abramo von Herzen für alles und er gab mir noch folgende Worte mit auf den Weg:

„Es heißt: Bleibe so, wie du bist. Bist du gut, so vergesse dies nicht.
Bist du schlecht, so vergesse dies und arbeite an deinem Licht."

Ich fuhr zurück ins Hotel. Am Abend dachte ich über alles nach, was Abramo mir gesagt hatte, vor allem über seine Weissagung. Dann legte ich mich früh schlafen, das nächste Land wartete bereits auf mich.

In der Nacht träumte ich erneut das gleiche Szenario am Meer. Wieder rief mich meine Frau zum Felsen und sprang ins Wasser. Ich rief nach ihr, rannte den Felsen hoch, schaute hinunter und sah sie nicht. Doch diesmal konnte ich im vom Vollmond beleuchteten Wasser nichts als mein Spiegelbild erkennen. Ich setzte mich auf die Spitze des Felsens und betrachtete das Wasser. In ihm spiegelte sich ein hell leuchtender Stern. Ich hob meinen Kopf und suchte diesen Stern am Himmel, doch ich fand ihn nirgends. Am Himmel waren alle Sterne gleich, aber im Wasser leuchtete einer von ihnen am hellsten. Er war so hell, dass ich das Gefühl hatte, nach ihm greifen zu können. Doch ehe ich ihn zu fassen bekam, fiel ich ins Wasser und mein

Traum war vorbei. Schweißgebadet wachte ich auf und der Sonnenschein in meinem Fenster blendete mich.

Reise nach Athen

Am nächsten Morgen ging es los zum Flughafen in Rom und dann bestieg ich das Flugzeug nach Athen. Zwei Stunden später kam ich dort an und nahm ein Taxi zum Hotel. Auch hier erwartete mich mein Stadtführer, den ich zusammen mit dem für Rom gebucht hatte. Angelos war sein Name und auch er konnte super Deutsch, was mich sehr freute. Des Weiteren erfuhr ich von ihm, dass wir die Stadtbesichtigung allein durchführen würden, da ein Touristenpärchen kurzfristig storniert hatte. Auch hier hatte ich also meinen persönlichen Stadtführer. Wir fuhren ins Stadtzentrum, er zeigte mir die wichtigsten Bauten und erklärte mir die historischen Hintergründe dazu. Wir machten einen Stopp im archäologischen Museum von Athen. Dort hielten wir vor einer Statue. Er zeigte auf sie und fragte, ob ich wisse, was hier vor uns stehe. Ich erwiderte, dass die Statue aus der Antike stamme und die griechische Göttin

Athene darstelle. Angelos fragte weiter: Und weißt du, wer die Gorgone, der Feind der Göttin Athene war? Ich wusste es nicht und fragte: Wer? Angelos antwortete:

„Die Medusa, der Mythos, ein Opfer und ein Fluch zugleich, versteinerte sie mit ihrem Anblick jeden in ihrem Reich.
All das, weil zuvor der Neid vor der Schönheit hervorkam, zu dieser Epoche hatte niemand auch nur einen Hauch Erbarm'.“

Seine historischen und mythologischen Kenntnisse beeindruckten mich sehr. Ich fragte ihn, woher er all dies wisse, und er antwortete:

„Wissen ist Macht, Unwissenheit ist viel mehr, das ist Tag und Nacht.
Erforscht man dies hinaus über seinen Horizont, dann vergisst man alles, für was es sich im Leben hat gelohnt.“

Auch er fing jetzt an, mir in Weisheiten und Reimen zu antworten. Wieso er das tue, fragte ich ihn. Er war verblüfft über meine Frage, lachte und meinte, er erinnere sich gern:

„Goethe, Schiller, wie sie nicht alle hießen, sie alle haben sich in dieser Welt erwiesen.
Deutschland einst das Land der Dichter und Denker, lang ist es her, ich wünschte es mir heut, doch leider ist man gefangen von seinem eigenen Henker.“

Ich stimmte ihm zu, dass Goethe und Schiller wunderbare Dichter waren. Doch wie komme er jetzt zu seinen Reimen, sei er selbst ein Dichter oder warum mache er das? Angelos antwortete:

„Von der Stille inspiriert, gibt es kein Gedicht, was sich in mir verliert.
Wort für Wort, wie im Kreise, kommt es immer wieder, aus meiner Seele schreibe ich dieses nieder.
Geblendet vom Licht, was das Wahre ist, das aus meinem Bewusstsein spricht."

Ich verstand seine Leidenschaft für die Poesie, aber nicht, warum er sie ausgerechnet bei mir anwandte. Er zögerte nicht lange und erklärte:

„Der geistige Engel führt meine Feder aufs Papier, erlöst mich von all dieser Gier.
Ich bekomme die nötigen Befehle, ich führe sie nur aus und es spricht mir aus der Seele."

Ich fragte, was das schon wieder für ein Engel sei, und Angelos sprach weiter:

„Er streichelte über meine langen Haare, der Engel
spricht zu mir, ich erzähle dir das Wahre.
Ihr bekamt vom Herrn eure schöpferische Macht,
doch ihr denkt und plant. Dabei schaut er euch zu,
schüttelt den Kopf und lacht. "

Jetzt wollte ich genau wissen, was das Ganze
bedeutete und was es mit mir zu tun hatte. Er
begann zu erzählen:

„Du musst es glauben und fühlen und nicht wissen.
Beschreibe die innere menschliche Tiefe noch so
verbissen.
Zuvor schau nach oben ins Universum der Ferne und
fang an zu zählen sämtliche Sterne. "

Er machte keine Pause und meinte: Ich zeige
dir was. So fuhren wir weiter. Auf der Fahrt
fragte ich ihn, ob er eine Frau habe. Er antwortete: Ich hatte mal eine, lang ist es her,
aber:

„Als sie kam, um sich mit mir zu vereinen, wie viel
habe ich gelernt, obwohl ich wollte dies verneinen.
Dafür bin ich ihr dankbar, ich werde in guten und
schlechten Zeiten für immer an ihrer Seite bleiben.
Egal was kommt, das vergesse ich ihr nie, meine
Frau ist ein Teil von mir wie mein inneres Chi."

Er fügte hinzu: Du musst es nicht verstehen,
du musst es verinnerlichen und nachempfin-
den. Dann eröffnet sich dir die folgende
Ironie:

„Die Frau ist nicht immer perfekt, sie wird sich
manchmal selbst nicht gerecht.
Frauen sind wie Rosen, die duften, so wunderschön
wie ihre Blüten und ihre Knospen können auch noch
fruchten.
Sie bringen kleine Engel unter unheimlichen
Schmerzen ihrer Wehen, unglaubliche Frau, was aus
einer Rippe kann entstehen."

Ich verstand die Ironie, auf die er hinaus-
wollte – er spielte auf das Alte Testament und
die Entstehung von Eva aus der linken Rippe
von Adam an, dass wir eins sind – und
musste schmunzeln.

Wir fuhren ans Meer nach Varkiza. Eine
schöne Küstensiedlung, die eine halbe
Stunde von Athen entfernt war. Dort angekommen genossen wir sprachlos den Aus-
blick. Als wir am Strand entlangspazierten,
sahen wir, dass ein kleiner Junge gerade mit
seinem Vater Ball spielte. Der Anblick erinnerte mich an mich selbst als Kind mit meinem Vater am Strand von Pego Beach in
Portugal. Der Junge musste im gleichen Alter
sein wie ich damals. Überraschend sprang
der Ball zu uns herüber, worauf der Junge zu
uns kam und uns begrüßte. Dann sagte er:

*„Von klein zu groß, von der Dunkelheit zum Licht,
wie innen so außen, das alles erwartet uns in der Welt
da draußen.*

*So tief in der Erde, so hoch im Himmel, so weit wie
der Ozean, wir sind viel mehr als zerbrechliches
Porzellan. "*

Der Junge lächelte mich an, ich erwiderte das
Lächeln und gab ihm seinen Ball zurück.
Angelos streichelte dem Jungen über seinen
Kopf, sah mich an und meinte:

*„Liebe Kinder blind, nicht nur weil sie nach außen
klein wirken und hinreißend sind.*

*Fantasie, Liebe und Glauben – davon im Überfluss,
das hat nur ein Kind.*

*In der Natur nennt man so was unberührt und ein
Wunder, denn auf der Schulter keine Last.*

*Es gibt nur eine Frage: wie so ein großes Herz in so
einen kleinen Körper passt. "*

Der Junge lief zurück zu seinem Vater. Wir schauten weiter zu, wie sie spielten. Der Junge streckte seine Arme aus wie Flügel und rannte zum Vater, der ihn hochhob und in der Luft hielt. Sein Sohn rief, dass er fliegen könne und die ganze Welt sehe. Als der Vater ihn dann in den Arm nahm und mit ihm den Sonnenuntergang beobachtete, war es für mich wie ein Spiegelbild aus meiner Kindheit.

Darauf sagte Angelos: Schau hin und erkenne …

„Ein Kind des Vaters schaut zu ihm auf, doch auch der Vater schaut zum Himmel hinauf.
Es gibt kein ,Größer als', nur der Schöpfer ist das Größte, im Jenseits."

Es war alles so wunderschön in diesem Moment. So frei und ohne Sorgen. Mich überkamen vereinzelte Erinnerungen aus meiner Kindheit und aus meiner Jugend, selbst die schönsten Momente der letzten Jahre zogen an mir vorbei. Bis ich unweigerlich wieder auf meine schlechten Gedanken stieß.

Ich fragte Angelos, ob er irgendeinen Rat wisse, wie man eine Pechsträhne oder Liebeskummer beenden oder zumindest besser damit leben könne. Er ging auf mich zu und sagte mir, dass ich zu sehr in der Vergangenheit lebte. Das hätte zur Folge, dass ich die Gegenwart überspränge und nur an die Zukunft dächte. Er erklärte mir noch:

„Sieben Engel sprachen aus dem Jenseits durch ihre Posaunen, sie lehrten uns, an das Grenzenlose zu glauben, durch das zukünftige ‚Wird‘ und das vergangene ‚War‘ die Türen zu schließen und das Tier wird und kam herein, oder durch das gegenwärtige ‚Ist‘ die Türen zu öffnen und erfüllt im Himmel zu sein.“

Weiter sagte er: Du musst wissen …

„Jeder ist seines Glückes Schmied, wenn man an einem Diamanten feilt und der Schliff strahlt oder seine Saat ständig gießt und diese wächst und überwiegt.
Der eine nennt es Zufall, Glück oder gar Magie, doch ist dieser nur verblendet und beraubt, der andere weiß es: Was er wollte, schmiedete er und hat fest daran geglaubt. "

Wieso klingt es bei dir so simpel, wie kannst du ohne Sorgen dein Leben leben in der heutigen Welt, fragte ich ihn. Er erläuterte mir, was sich hinter seiner Lebenseinstellung verbarg:

„Das Beten gibt mir die Lebenserinnerung, es dehnt meine Blutgefäße, es kommt nicht zur Blutgerinnung. Die innere Sauberkeit zeigt die äußerliche Vielfalt, von der Schönheit innen nach außen, darauf muss man lauschen. "

Und wenn du mich schon danach fragst, fuhr er fort, dann antworte ich dir:

„Erfolg und Reichtum und viel mehr: Wenn du es möchtest, wird es zu deinem Eigentum.
Genug davon für jeden, der nur daran glaubt. Zuletzt zählt nur: Was hast du dem Leben alles gegeben und weggenommen und wie sehr hast du dich und deine Seele dabei beraubt. "

Und zur Liebe sagte er noch:

„Liebe, das wohl tiefste innere Gefühl, der eine oder andere hat davor Angst, weil er innen ist so kühl.
Es heißt nicht umsonst: Mir wird es warm ums Herz. Wenn das erfolgt, ist der Mensch befreit von all seinem Kummer und Schmerz. "

Er sprach weiter: Du sollst nicht glauben, dass ich ein Heiliger wäre. Ich bin nur ein Stadtführer, schon vergessen? Denn:

„Auch ich trage das sogenannte Kreuz in mir, lasse es jedoch nicht kürzen, auch wenn verfolgt von der Gier.

Eines Tages brauche ich es genau in diesem Maße, um es als Brücke zu nutzen für die gegenüberliegende himmlische Straße."

Ich verstand weiterhin nicht, warum er mir in Reimen antwortete, aber für die weisen Worte und die bereichernde Lehre dankte ich ihm. Daraufhin kosteten wir die Stille des vor uns liegenden Meeres aus.

Plötzlich klingelte mein Mobiltelefon, eine unbekannte Nummer aus Deutschland rief mich an. Ich sagte, dass ich diese Nummer nicht kennen würde und mich auch nicht stören lassen wollte. Doch Angelos forderte mich auf ranzugehen. Er meinte, es könne vielleicht wichtig sein. Ich ging also ran und es war das Krankenhaus in Deutschland. Meine Mutter hatte sich einer Not-OP unterzogen, es ging ihr mehr als schlecht. Der Arzt konnte mir nicht sagen, ob sich ihr Zustand weiter verschlechtern oder vielleicht doch noch stabilisieren würde. Meine Mutter sei sehr schwach, wolle jedoch unbedingt mit mir sprechen, sagte der Arzt und reichte den Hörer an sie weiter. Erschöpft und abgeschlagen meldete sie sich mit den Worten: Hallo mein Schatz, ich wollte dir nur sagen, bitte mache dir keine Sorgen, es wird alles gut.

Ich sagte ihr sofort: Mama, ich muss dir was sagen. Meine Frau und ich haben uns vor drei Monaten getrennt, es tut mir leid. Ich wollte dich nicht anlügen, ich wollte es dir sagen, doch ich habe es einfach nicht übers Herz gebracht. Ich wollte dich nicht enttäuschen. Sie meinte: Ich wusste es doch, mein Sohn, ich wusste es. Du hast mich nicht angelogen und schon gar nicht enttäuscht, mein Engel. Eine Mutter fühlt, wenn etwas ihr Kind bedrückt. Ich wollte dir auch sagen, dass ich viele Fehler begangen habe. Mache nicht die gleichen wie ich. Verschwende nicht deine

Zeit, sondern lerne aus deinen Erfahrungen, nimm dein Leben in die Hand und trauere nicht weiter um Vergangenes. Wenn ihr euch liebt, dann wird es euch auferlegt, zusammen zu sein. Ihr werdet euch so nah sein, dass zwischen euch kein Platz mehr ist, denn:

„Liebe ist doch nur ein Wort, das bedingungslose Gefühl stammt von Gott.
Wir können Beispiele suchen und Zeit vergeuden, es jeden Tag fühlen und weiter verleugnen.
Die Wahrheit ist: Die Augen können nicht sehen ohne Mühen, deswegen ist uns der Blinde voraus im Fühlen.“

Mir liefen die Tränen übers Gesicht, ich hatte nicht damit gerechnet, so was von meiner Mutter zu hören. Sie lag wirklich im Sterben. Sie sagte noch: Weine nicht, mein Schatz, denn …

„Die Tränen sind das Blut der Seele, das Lachen ist der Engel Zähne, der Atem ist der Geist der Kehle und die Stille ist die Fülle der Leere."

Mit den Worten: Genieße deinen Urlaub und wir sehen uns bald, verabschiedeten wir uns und sie legte auf. Doch irgendwie hatte ich das Gefühl, ich hätte keine Zeit mehr. Ich suchte auf meinem Mobiltelefon sofort den nächsten Flug zurück und buchte ihn. Er war erst am nächsten Morgen, so lange musste ich mich noch gedulden, um meine Mutter wiederzusehen. Angelos nahm mich in den Arm. Ich sagte ihm, dass ich Angst hätte um meine Mutter, da ich nicht wisse, ob sie es schaffe. Er tröstete mich mit den Worten:

„Das Leben lehrte uns keine Angst, doch wir mussten das Leben eines Besseren belehren und haben uns verwanzt.

Aus diesen Schatten müssen wir lernen, selbst zu entkommen, erst dann sind wir im Leben immer wieder gern willkommen."

Wir saßen am Strand und beobachteten das Meer und die Bäume um uns herum. Das Wasser plätscherte und die Baumkronen rauschten. Unter mir wurde der Sand dunkel von meinen Tränen. Sie strömten wie ein Wasserfall, ebenso salzig wie das vor mir liegende Meer. Ich konnte nichts tun für meine Mutter, ich konnte nicht mal für sie da sein. Meine Gefühle bauten sich in mir auf. Ich griff tief in den Sand hinein und holte eine Handvoll Sandkörner heraus, dann schloss ich meine Hand so fest es ging zu einer Faust. Da erinnerte ich mich an Johann Wolfgang von Goethes „Faust":

„Dass ich erkenne, was die Welt im Innersten zusammenhält."
– Johann Wolfgang von Goethe (1749–1832), Dichter und Naturforscher

Der Sand strömte zwischen meinen Fingern hindurch. Ich schüttelte den Rest ab. Ich zündete mir eine Zigarette an und schaute in die Ferne. Angelos sagte:

„Den Rauch der Zigarette atmest du tief ein hier auf Erden, aber den Weihrauch deines Herrn meidest du, ohne dabei rot zu werden."

In dem Moment klingelte mein Telefon wieder. Es war das Krankenhaus. Ich wollte nicht rangehen, ich befürchtete Schlimmes. Letztendlich nahm ich den Anruf doch noch entgegen und bekam die Nachricht, dass meine Mutter verstorben sei. In diesem Augenblick verstummte die ganze Welt um mich herum. Wie in Zeitlupe rutschte mir meine Zigarette aus den Fingern, fiel vor mir in den feuchten Sand und erlosch im Meer meiner Tränen. Ich hörte genau, wie sie aufschlug und zischte. Die Weissagung von Abramo war in Erfüllung gegangen. Dies war die letzte Zigarette, die ich je rauchte. Meine Welt brach zusammen. Ich brauchte eine Weile, um zu mir zurückzukehren und annähernd zu begreifen, was geschehen war. Angelos versuchte mich zu trösten:

„Es ist besser, wenn deine Bänder reißen, als wenn sich deine Bänder dehnen. Deine Geliebten sind jetzt auf Reisen, muss ich dafür immer wieder den Himmel erwähnen."

Ich schaute zum Himmel hoch und fragte Angelos, ob er wisse, wo meine verstorbene Mutter jetzt sei. Er antwortete:

„Der Tod ist für die Materie nur eine Illusion, das alles geschieht über Jahrtausende und Generationen. Ein Geheimnis, das nur der Geist verwehrt. Versteht man den Geist, wird alles gewährt."

Ich fragte ihn, wie ich mir das vorstellen könne, und er erwiderte:

„Matrix, Simulation, Paralleluniversum oder Dimension, alles fließt in einem Fluss. Es ist immer das Gleiche, der Mensch verfällt einem Trugschluss. Wie eine Träne, die sich staut, gezwungen ist zu fließen, wie der Regen fällt herab und gezwungen ist zu gießen.
Die Moral von der Geschicht:
Das Leben ist eins, es gibt keine Benennung des Daseins."

Ich fragte Angelos, ob es ein Leben nach dem Tod gebe oder ob wir wiedergeboren würden als Mensch, Tier oder Insekt. Er antwortete mir:

„Wenn du die Wiedergeburt willst meiden, dann wirst du nicht auf Erden erstickt.
Du wirst den Tod nie erleiden, bis du zuvor nicht das himmlische Reich erblickst.“

Er nahm mich an der Hand und zog mich mit sich zu einem Felsen über dem Meer. Dort forderte er mich auf, ins Wasser zu blicken, und fragte mich, was ich sehen würde. Ich antwortete: Ich sehe Wasser. Seine Stimme hob sich mit den Worten: Erinnere dich daran, wer du wirklich bist. Er forderte mich auf, tiefer zu blicken, und fragte erneut: Was siehst du jetzt? Als ob das Wasser Erinnerungen speicherte, sah ich all die schönen Momente in meinem Leben und sogar welche, an die ich mich gar nicht mehr erinnerte. Es überkam mich und ich antwortete ihm:

„Das Wasser plätschert vor sich hin, schau ich nach innen drin, sehe ich, wie tief ich bin.
So wie der Ozean, lang und breit, ist umso tiefer und unendlich weit."

Der pralle Mond ging auf und strahlte hell auf uns herab. Ich erkannte:

„Wenn ich es schaffe, der Vergangenheit zu entrinnen und der Zukunft meinen Fokus zu entziehen, dabei die Aufmerksamkeit auf die Gegenwart zu besinnen, dann brauche ich vor nichts mehr zu fliehen."

Nun erst sah ich: Das Leben hatte es die ganze Zeit gut mit mir gemeint. Der Straßenmusiker, der einarmige Mann, die ältere Dame mit ihren Einkaufstaschen, der blinde Alte mit seinem Bussard und alle anderen, mit denen ich gesprochen hatte, waren meine Begleiter auf meinem Weg zur Mitte meines

Lebens. Ich war verblendet und undankbar gegenüber meinen Mitmenschen gewesen und am meisten gegenüber mir selbst. Ich spürte jetzt, was Leben bedeutete.

Meine Wahrnehmungen änderten sich, die Materie floss um mich herum. Mit dem Blick aufs Meer unter dem Mondschein kamen die Erinnerungen an meine Eltern zurück, die mich immer angespornt hatten, meine Träume zu verfolgen. Mein Vater sagte immer, ich solle keine Angst davor haben, dass etwas nicht erreichbar wäre. Er zitierte dann Jesus aus der Bibel:

„Darum sage ich euch: Alles, um was ihr betet und bittet, glaubt nur, dass ihr es schon empfangen habt, dann wird es euch zuteil."
– Markus 11:24

Und meine Mutter sagte immer, ich sei etwas ganz Besonderes, und fügte hinzu:

„Euch geschehe nach eurem Glauben. "
– Matthäus 9:24

Es war, als ob sie gerade vor mir stünden und in diesem Moment wieder zusammenfänden, um sich mit mir zu unterhalten. Ich nahm diesen Augenblick mit allen Sinnen wahr. Ich fühlte die Liebe und wusste: Liebe ist Leben.

Ich dankte Angelos von tiefstem Herzen für seine Weisheit und die Erkenntnis. Er entgegnete nur: Dies ist das Ende deiner Stadtführung.

Einen Augenblick lang genoss ich noch den frischen Wind auf dem Felsen und kehrte dann wieder um. Ich schaute mich um, doch ich war ganz allein. Angelos war nicht mehr da, ich konnte ihn nirgends entdecken. Ich rief nach ihm, doch es kam keine Antwort. Auf seinem Telefon war er nicht erreichbar, es war ausgeschaltet. Ich dachte, dass es ihm wohl zu spät geworden war und ich ihm vielleicht auch langsam lästig wurde. Mit dem Taxi fuhr ich zurück ins Hotel. Ich packte meine Sachen für den morgigen Flug nach Hause. Dann rief ich noch meine Frau an und teilte ihr den Tod meiner Mutter mit. Sie brach weinend zusammen. Sie machte sich Vorwürfe, warum sie meine Mutter nicht noch einmal besucht hatte. Ich tröstete sie und wir sprachen noch eine Weile, unter anderem darüber, wann die Beerdigung stattfinden würde. Wir verblieben so, dass ich ihr den Termin bald mitteilen würde und wir uns auf der Beerdigung sehen würden. Ich dankte ihr noch für ihr Mitgefühl.

Nach dem Gespräch dachte ich viel über meine Reise nach und darüber, was mir die weisen Stadtführer, aber auch meine Umgebung alles mitgeteilt hatten. Ich blickte in mich hinein und begriff in kürzester Zeit jedes einzelne Gespräch.

Ab jetzt nahm ich mir vor:

„Vor dem Schlafengehen noch ein Gebet, dass es sich danach erfüllt, hat man es erlebt.
Tief im Glauben, lässt man sich nicht mehr berauben.
Man dünnt und gießt seinen Samen, bis er sich manifestiert und in der Materie verewigt, wie ein Bild in seinem Rahmen."

Und ich wandte mich im Gebet an Gott:

„Nur dir bin ich unterworfen und doch bin ich dir gleich, zusammen sind wir vollkommen und ganz, wie das Wasser ist, so weich."

Auch für meine Mutter betete ich, auf dass sie im Himmel ihren Frieden finde und Gott sie immer bewahre. Dann legte ich mich schlafen, am nächsten Morgen ging mein Flug nach Hause.

In dieser Nacht träumte ich erneut den Traum vom Felsen am Meer. Wie mich meine Frau dorthin rief und mit offenen Armen ins Wasser sprang. Ich rannte den Felsen hoch. Oben angekommen schaute ich ins Wasser und diesmal sah ich sie dort schwimmen. Sie rief mir zu, ich solle reinspringen, so kalt sei es nicht. Ich schaute hoch zum Himmel und sah meine Eltern, wie sie uns anlächelten. Ich atmete tief ein und sprang ins Wasser. Dann war mein Traum vorbei. Ich wachte auf, doch diesmal war ich nicht schweißgebadet.

Rückkehr nach Hause

Am nächsten Morgen flog ich von Athen aus zurück nach Deutschland. In der Heimat angekommen, klingelte mein Telefon, es war eine Servicenummer. Ich ging ran und mein Reiseanbieter meldete sich. Er entschuldigte sich, dass er erst jetzt anrufe. Es tue ihm leid wegen der kurzfristigen Stornierung meiner gebuchten Stadtführer für Rom und Athen. Bei der Buchung sei etwas schiefgelaufen, einer der Stadtführer habe gekündigt und der andere sei plötzlich erkrankt. Ich wies den Kundenbetreuer darauf hin, dass die Stadtführer wie vereinbart gekommen seien und mir die Städte gezeigt hätten. Doch er verneinte das Ganze, das könne nicht sein, und entschuldigte sich immer wieder, bis er das Gespräch mit der Erteilung einer Gutschrift beendete. Ich war sprachlos. Wem war ich auf meiner Reise tatsächlich begegnet?

Zusammen mit meinen Verwandten kümmerte ich mich um die Beerdigung, die einige

Tage darauf stattfand. Ich sprach auf der Beerdigung kurz mit meiner Frau. Wir redeten nicht viel, blickten uns nur tief in die Augen und verabschiedeten uns dann. Sie bot mir noch ihre Hilfe an, sollte ich mich aussprechen wollen oder einfach nur Gesellschaft suchen. Dankend lehnte ich ab. Ich sagte, es sei in Ordnung, wie es nun mal sei, und wiederholte die weisen Worte meines Stadtführers Abramo:

„Ich sage dir wahrlich, man unterschätzt das ‚Ich bin allein‘, erst dann kannst du das Wahrhaftige sein. In der Menge verlieren sich die schönen Klänge, aber allein hörst du sie Ton für Ton, gefolgt von Bild zu Bild, das Unvermeidliche bringt dich zu deinem Thron."

Wir lächelten uns an und gingen unserer Wege.
Ich kam für mich zum Entschluss, Abramo und Angelos als meine persönlichen

spirituellen Meister anzusehen, die sich als Stadtführer getarnt hatten.

Die Glückseligkeit lernte ich in mir zu suchen und nicht mehr um mich herum. All die negativen Dinge, die zuvor um mich herum passiert waren, waren eine Widerspiegelung meiner negativen Gedanken gewesen. Ich wusste nun das Leben immer mehr zu schätzen und lernte, dankbar zu sein.

Seit meinem Urlaub war ich nicht wieder am See gewesen. Zuvor war ich jeden Tag dort, um mich an die Vergangenheit zu erinnern und ihr nachzutrauern. Nach fast zwei Wochen sagte mir eine innere Stimme, ich solle noch einmal dort vorbeischauen. Das nahm ich als Gelegenheit, einen klaren Schlussstrich zu ziehen. An einem Abend fuhr ich also zum See, um endgültig mit meinem alten Leben abzuschließen. Dort angekommen, hörte und sah ich eine junge Frau auf einer Parkbank weinen. Ich näherte mich ihr und erkannte meine Frau. So hatte ich sie noch nie zuvor gesehen. Ich nahm sie in die Arme und sie brach weinend zusammen. Sie machte sich Vorwürfe wegen unserer Beziehung und des Todes meiner Mutter. Sie sagte, sie sei zu stolz gewesen, um meine Mutter auch nur einmal zu besuchen. In Tränen aufgelöst sagte sie: Deine Mutter liebte mich wie eine Tochter und ich war zu feige, sie ein letztes Mal zu sehen. Ich tröstete sie damit, dass meine Mutter das alles gewusst und uns immer in ihrem Herzen getragen hatte.

Eine Weisheit überkam mich und ich sprach sie aus:

„Das Herz, das wir kennen, ist für uns innen und doch ist es außen.
Das wahre Herz kann nicht entrinnen und ist fremd für die Welt da draußen.“

Eine Weile saßen wir da und betrachteten die Sterne am dunklen Himmel. Meine Frau fragte mich: Was meinst du, was uns nach dem Tod erwartet? Ich antwortete, ich wisse es nicht, zeigte zum Himmel und fuhr fort: Aber dank der Weisheiten und Lehren der letzten Wochen weiß ich:

„Der Himmel schlägt Tag und Nacht, wenn die Seele erwacht in dieser Macht, das ist ein kleiner Stern am Horizont, eine Seele, die ihn für immer bewohnt.“

Lebenswandlung im Glauben

Nun waren seit dem Tod meiner Mutter schon ein paar Monate vergangen und mein Leben hatte sich in eine positive Richtung gewandt, so wie ich es mir immer gewünscht hatte. Mein Vater und meine Mutter waren an einem sicheren Ort, wo sie nun glücklich für alle Ewigkeit waren. Ich war wieder mit meiner Frau zusammen und wir hatten vor Kurzem erfahren, dass uns Nachwuchs ins Haus stand. Meinen Job hatte ich gekündigt. Ich machte jetzt etwas, das mir Freude bereitete, und ließ mich dafür mehr als gut bezahlen. Ich beschäftigte mich nun auch mehr mit mir selbst und wusste, dass nur dies der Schlüssel zum eigenen Glück und Erfolg war. Wie Laotse in seiner Weisheit schrieb:

„Wer andere kennt, ist klug,
Wer sich selber kennt, ist weise.
Wer andere besiegt, hat Kraft,
Wer sich selber besiegt, ist stark.
Wer sich durchsetzt, hat Willen,
Wer sich genügen lässt, ist reich.
Wer seinen Platz nicht verliert, hat Dauer,
Wer auch im Tode nicht untergeht, der lebt. "
– Laotse im „Tao te king"

Mein Interesse wurde nun auch von verschiedenen Glaubensrichtungen geweckt. Ich wollte von allen Kuchen ein Stück abhaben und las die heiligen Schriften der verschiedensten Religionen. Angefangen mit der Thora, gefolgt vom Neuen Testament und dem Koran, bis hin zum Taoismus und so weiter und so fort. Ich praktizierte buddhistische Meditation und übernahm aus jeder Religion die Praktiken und Lehren, die sich um Liebe und Glückseligkeit drehten. Was mich faszinierte, war, dass der Kern überall gleich war. Vorausgesetzt, dass man die Schriften mit Liebe durchleuchtete und mit seinem Verstand hinterfragte. Beides Gaben, die uns der Schöpfer bereits in die Wiege legte.

Jeden Tag schaute ich zum Himmel hoch und ließ meinen Blick auch wandern, wenn ich mal am See war:

„Von unten nach oben, von oben nach unten, irgendwo dazwischen sind wir aufgehoben.
Hier spielt sich nur ein kleiner Teil ab, für uns das Drama, doch nie den Blick aus den Augen verloren, wieder zurück zu meinem Panorama."

Mit meiner Frau spazierte ich an einem schönen sonnigen Tag am See entlang. Ich hatte etwas vor und konnte es kaum erwarten. Wir hielten an der Stelle an, an der ich ihr vor fünf Jahren einen Antrag gemacht hatte. Ich ging wieder auf die Knie, zog diesmal jedoch eine

Rose aus meiner Jackeninnentasche hervor und es überkam mich:

„Aus dem Beton-Yang steigt eine Rose namens Yin in mir auf, ein Lachen wie Magie aus Rauch.
Aus Dunkelheit werde Licht, so hell, doch es blendet nicht.
Einzigartig wie ein Diamant in Blau, das ist mein Leben mit meiner himmlischen Frau. "

Wir waren glücklich und fest entschlossen, unsere Zukunft gemeinsam zu gestalten und zusammenzubleiben, im Guten wie im Schlechten. Eine Weile schauten wir auf den See hinaus. Ich zeigte meiner Frau einen Bussard, der gerade am Himmel kreiste, und erzählte ihr, wie selten und schön diese Vögel seien. Doch sie entgegnete mir, dass sie nur eine Taube sehe. Dann fragte sie mich, warum ich meine Brille nicht mehr trüge. So sei es kein Wunder, dass ich die Taube nicht erkennen würde. Ich antwortete, dass ich meine Brille schon lange nicht mehr bräuchte. Das, was ich sehen muss, das sehe ich, sagte ich und fügte hinzu: Auch du solltest deine Brille ablegen, dann wirst du eines Tages diesen Bussard sehen können.

Ich wollte meiner Frau endlich die Ereignisse der Monate unserer Trennung und vor allem von meiner Reise erzählen. Ich fing gerade an, als mich plötzlich aus dem Nichts eine Fliege überraschte. Im Blindflug traf sie mich diesmal an meiner rechten Schläfe. Ich lachte auf und es überkam mich:

„Du, nur du, schickst mir die Fliege an den Kopf, die mich in meinen Gedanken stört, und bewahrst mein Bewusstsein davor, dass es bleibt unberührt."

Meine Frau lachte mit mir und fragte: Was meinst du damit? Mit einem Lächeln erklärte ich: Das habe ich schon mal erlebt. Auch damals hat mich eine Fliege am Kopf getroffen

… Doch ich unterbrach meine Erzählung, weil mir plötzlich ganz mulmig wurde. Mich überkam wieder dieser Schwindel, ich kippte diesmal zur linken Seite und fiel auf den Boden. Mir wurde schwarz vor Augen. In diesem Moment hörte ich nur:

„Das Rechte und das Linke ergeben zwei, dazwischen ist das Dritte.
Alles Heile und Wahre ist des Menschen Mitte.
Willkommen zurück in deiner Welt, mit einem neuen Ich, das du hast bei uns bestellt."

Ich begriff, dass ich jetzt meine Mitte finden würde.

Erwachen

Eine Weile lag ich da und lauschte den verschiedenen Stimmen um mich herum. Sie riefen unter anderem: Wie geht es ihm?, und: Gebt ihm etwas Wasser! Langsam kam ich zu mir und öffnete meine Augen. Um mich herum waren unbekannte Menschen versammelt. Ich fragte sie: Wo bin ich und wo ist meine Frau? Eine Dame links von mir sagte: Sie sind am See und ich weiß nicht, welche Frau Sie meinen. Sie saßen allein auf der Parkbank und verloren das Bewusstsein, als sie aufstanden. Ich erkundigte mich, wie lange ich weggetreten gewesen sei. Ein älterer Herr rechts von mir reichte mir eine Flasche Wasser und antwortete: Zwei bis drei Minuten. Wir haben auch einen Rettungswagen gerufen. Ich sagte, dass ich nur etwas Kopfschmerzen hätte, darüber hinaus gehe es mir wieder gut. Ich dachte, diesmal sei es wirklich nur ein Traum.

Eine andere ältere Dame sagte daraufhin:

„Träume erzählen vieles, aber auch nichts, es kommt auf die Person an, ob sie sich ihnen ergibt.
Beim Aufwachen fängt ein neues oder altes Leben an, es liegt am Menschen, ob er sich damit identifizieren kann."

Erstaunt schaute ich sie an und fragte, woher sie das wissen könne, ich hätte doch nichts gesagt. Die ältere Dame erwiderte meinen Blick verwundert und fragte: Was meinen Sie? Ich erwiderte: Das mit meinem Traum. Sie musterte mich kurz, drehte sich dann zu den anderen und meinte: Der sollte definitiv vom Notarzt untersucht werden.
In dem Moment sagte mir eine innere Stimme:

„Die Natur hält immer das Gleichgewicht, in deinem Fall fand sie dein wahres Gesicht, was immer besticht durch das innere Gedicht."

Ich erkannte die Stimme wieder, sie gehörte Angelos, meinem sogenannten Stadtführer aus Athen.

Diesmal begriff ich schnell und fasste für mich einen Entschluss:

„Ich lasse die Gedanken einfach laufen, all das, was mich will in diesem Augenblick stören, lasse ich innerlich ersaufen.

Es überkommt mich, das, nach dem ich mich am meisten sehne, fließt durch mich hindurch und über meine Hand aufs Papier, zuvor noch durch mein Herz und kurz durch die Vene."

Nachdem der Notarzt mich untersucht und mir beschieden hatte, dass mir nichts fehlte, ging ich um viele Weisheiten und Erkenntnisse bereichert in meine alte Welt zurück. Ich wusste, dass meine Reise nicht bei meinem Stadtführer Abramo anfing und bei Angelos endete. Meine Reise ging immer weiter. Ich kostete von dem Baum der Erkenntnis.

Im Geiste band ich mir eine Fliege um den Kragen, die mir als Symbol für den Anstand im Menschen diente. Mit der ich die Welt neu betrachtete.

Nun musste ich mich daran machen, mein Leben wieder in Ordnung zu bringen. Ich holte mein Mobiltelefon aus meiner Jackentasche heraus, dabei fiel meine Schachtel Zigaretten zu Boden. Ich hob sie auf und öffnete sie, um mir auf dem Rückweg eine anzustecken. Doch zu meinem Erstaunen war die Schachtel leer.

Mich traf etwas und diesmal war es keine Fliege.

Es schoss mir sofort aus dem Mund:

MICHAEL?!

Wer suchet, der findet, heißt es, und ich wusste:

„Tief in mir suchte ich nach dem Geheimnis des Lebens, von dem alle reden. Das Gesetz war nur das Beten, alles andere kam von allein. Ich kenne jetzt das Geheimnis, dabei war und ist es immer mein."

Denn:

„Die Wahrheit ist nur das Leben. Wer es nicht versteht, sollte sich ihm ergeben.
Die Augen schließen und hören, wie es klingt, die Augen öffnen und sehen, welche Wunder es vollbringt."

– Ende –

Nachwort des Autors

„Wer ist dieser Mensch, der so was schreibt.
Wer ist dieser Geist, der zu so was neigt.
Welchen Titel und welches Recht hat er zu solchen
Poesien. Er hat doch nicht studiert und weiß so viel.
Nicht nur dichterisch, auch noch nützlich.
Die Antwort des Autors:
Die Wege meines Geistes bleiben unergründlich. "

Ich schreibe aus dem Schatten meiner Gegenwart. Mir ist wichtig, dass die innere Botschaft Gehör findet. Die Persönlichkeit oder das Pseudonym, hinter dem ich stecke, ist nur die Oberfläche eines rohen Diamanten. Der Brillantschliff, das Innere, nach dem man sich sehnen sollte, steckt im Buche.

„Ich schreibe das, nach dem ich mich am meisten
sehne, es fließt durch mich hindurch und über meine
Hand aufs Papier, zuvor noch durch mein Herz und
kurz durch die Vene. "

Diese kleine Geschichte habe ich verfasst, um sie einer Vielzahl von Menschen zu widmen, die in der heutigen Zeit mit prekären Zuständen zu kämpfen haben. Diese können meiner Geschichte in gewisser Weise ähneln, sodass mein Buch vielleicht Anhaltspunkte geben kann, damit umzugehen, und den Menschen als geistlicher Beistand dienen kann.

Ich habe versucht einen gewöhnlichen Alltag in einer eigenen Vision als kleine unterhaltende Geschichte zu verpacken. Sie soll dem Leser das Gefühl, die Liebe und den geistlichen Ausdruck näherbringen. Sodass man sich darin vertieft, eine vor sich hin träumende, realere Vorstellung der Ereignisse erhält und diese wie auf einer inneren Leinwand vor sich sieht. Ich hoffe, es ist mir gelungen. Viele dieser Aussagen und Poesien sollte man als Metapher verstehen. Sie sollen als Imagination dienen, die den Verstand des Menschen anregt und sein Leben individuell und positiv prägt.

Ein Teil dieser Geschichte beruht auf einer wahren Begebenheit, die leicht umgeschrieben wurde. Dies war mir fundamental wichtig, da ich diesem Büchlein damit eine Seele gab. Dadurch soll es belebender wirken. Ein anderer Teil ist eine Zusammensetzung aus mehreren Individuen, die die Rolle der Gesellschaft einnahmen. Der Rest ist eine Fiktion, basierend auf einer höheren geistigen Wahrnehmung gegenüber der Sichtweise, die wir sonst aus dem Alltag kennen. Die Inspiration meiner Poesien entstammt meiner eigenen Kreativität, die ich zusammen mit meinem Glauben, meiner Leidenschaft und bestem Gewissen in diesem Büchlein verewigt habe. Warum Poesien mit tiefen Botschaften? Weil eine Poesie den Verstand eher dazu motiviert, über die Botschaft nachzudenken und sie zu entschlüsseln, als eine einfache Erzählung. Das Gleiche gilt auch für Gleichnisse, die bereits in den Überlieferungen vor ungefähr 2000 Jahren ihren Höhepunkt fanden. Eine Poesie und ein Gleichnis

sind für mich immer mit einer großen Trag-
weite und Intensität verbunden, fast schon
wie ein Geheimnis, das sich mir persönlich
erschließt. Ebenfalls wichtig ist das Psycho-
logische dahinter, das möchte ich aber hier
außen vor lassen. Mit tiefster Glückseligkeit
und Liebe will ich dieses Büchlein mit meinen Mitmenschen teilen. Abgesehen davon,
was meine Geschichte und die Botschaften
darin für andere bedeuten können, ist dieses
Büchlein auch für mich selbst ein wichtiger
Lebensschritt und eine bedeutende Etappe
auf meinem Lebensweg. Es erinnert mich daran, wie und in welcher Form es entstanden
ist und wie mir diese Botschaften zuteilge-
worden sind.

Ich hoffe, euch hat mein Werk gefallen und
einen kleinen Einblick in meine spirituelle
Seite gegeben.

Wenn man fest an etwas glaubt und sich diesem mit Leidenschaft und Liebe widmet,

wird die Welt all ihre Grob- und vor allem ihre Feinmotorik ausfahren und dafür sorgen, dass es einem zuteilwird.

Alles wird dafür in Gang gebracht, wenn nötig werden Berge versetzt, Schiffscontainer an einen anderen Ort verlegt oder ein Flugzeug muss notlanden, damit das Geistige ohne unser Wissen vorbeimarschiert und sich in die Materie umwandelt.

Das Universum ist der beste Koordinator. Es ist präziser als das beste Uhrwerk der Welt. Es ist ein Werkzeug und eine Mechanik zugleich, die keine Fehler macht, nie ausfällt und unendlich ist. Selbst das kleinste verschobene Senfkorn oder eine halbe verspätete Femtosekunde kann auf dieser Welt alles verändern, und das nur, damit sich ein Gedanke in der Welt verwirklicht.

In der Heiligen Schrift ist dies mit folgenden Versen überliefert:

„Darum sage ich euch: Alles, worum ihr betet und bittet, glaubt nur, dass ihr es schon erhalten habt, dann wird es euch zuteil."
– Markus 11:24

„Euch geschehe nach eurem Glauben."
– Matthäus 9:24

Auch Laotse ließ den Menschen diese Botschaft zukommen:

„Ob man Zepter von Juwelen hätte, um sie im feierlichen Viererzug zu übersenden, nicht kommt das der Gabe gleich, wenn man diesen SINN auf seinen Knien dem Herrscher darbringt.
Der Grund, warum die Alten diesen SINN so werthielten, war kein anderer, als dass man von ihm wirklich sagen kann:
Wer bittet, der empfängt.
Wer Sünden hat, dem werden sie vergeben.
Darum ist er der köstlichste Schatz in der Welt."
– Laotse im „Tao te king"

Genau das rotiert ununterbrochen in Perfektion. Das sind die puren Kräfte der geistigen Gedanken, die mit dem Universum verbunden sind und mit ihm harmonisieren.

Mahatma Gandhi schrieb:

„Alles, was um uns erscheint und geschieht, ist ungewiss, vergänglich. Aber darin ist ein Höchstes Wesen als Gewissheit verborgen, und man wäre gesegnet, könnte man einen Schimmer dieser Gewissheit erhaschen und seinen Lebenswagen dranhängen.
Die Suche nach dieser Wahrheit ist das summum bonum des Lebens."
– Mahatma Gandhi (1869–1948), Politiker und Rechtsanwalt

Wir sind wie eine Dynamolampe am Fahrrad. Nur dass sich in unserem Fall die Räder ununterbrochen drehen, uns aber ein kleiner Abstand fehlt, um uns an diese Energieversorgung anzuschließen. Doch finden wir diesen Anschluss, geht uns im wahrsten Sinne des Wortes ein Licht auf und dieses Licht weist uns den richtigen Weg.

Wie einst auch der Physiker Nikola Tesla schrieb:

„Jedes Lebewesen ist ein Motor, der auf das Räderwerk des Universums abgestimmt ist. Obwohl die Sphäre des äußeren Einflusses nur scheinbar von ihrer unmittelbaren Umgebung beeinflusst wird, erstreckt sie sich bis in unendliche Ferne."
– Nikola Tesla (1856–1943), Erfinder, Physiker und Elektroingenieur

Folgendes fügte er noch hinzu:

„Mein Gehirn ist nur ein Empfänger, im Universum gibt es einen Kern, aus dem wir Wissen, Kraft und Inspiration gewinnen. Ich bin nicht in die Geheimnisse dieses Kerns eingedrungen, aber ich weiß, dass er existiert."
– Nikola Tesla (1856–1943), Erfinder, Physiker und Elektroingenieur

Deswegen sollte sich der Mensch zweimal überlegen, wie und was er denken und glauben sollte und was nicht. Vielleicht auch mal seine Gedanken abschalten. Der Verstand kann für den Menschen auf Erden Wunder vollbringen, aber zugleich auch ein Fluch sein, wenn man sich in negativen Gedanken verliert und sich diese in seinem Unterbewusstsein in Bewegung setzen. Denn jedem geschieht nach seinem Glauben. Manchmal geschieht es auch, dass unser Schöpfer sich selbst in unsere Gedanken einmischt und uns Zeichen gibt, um uns zu helfen, wieder zurückzufinden zu unserer wahren Mitte. Manchmal tut er es in Form von Schutzengeln, die er uns an die Seite schickt, um uns vor den Dingen, die wir selbst durch unseren freien Willen verursachen, zu bewahren.

Manchmal reicht auch eine kleine Fliege, um denjenigen in seine Lebensspur zurückzubringen und um die Drehung der Welt zu ändern.

07. Januar 2020

Spendenkonto für Familien in Not:

wellcome gGmbH
IBAN: DE23 2512 0510 0004 4078 01
BIC: BFSWDE33HAN
Spendenzweck: wellcome

Familienhilfe Anlaufstelle:

wellcome gGmbH
Hoheluftchaussee 95
20253 Hamburg
Telefon 040 226 229 720
info@wellcome-online.de
www.wellcome-online.de